山へ

空は何を見ているのだろう
それは肖像画のような
焦点の合わない青い目
どこということなく
それともこの地上は眼球のなか？

街角で聞こえてきた中国語が
あまりにも綺麗で
僕は空を見上げて
その響きをつかみとる
耳元にたぐりよせる

目のなかで羽化した光景は
暗い部屋で
冷蔵庫を開けたときのように
思い出を　暗がりから浮かび上がらせて
その瞬間
街から不意に立ちのぼった下水の臭いで
様々な記憶が揮発していく

もし僕が　今ここで
膝小僧にできた瘡蓋を剝くように
道路に落ちた影を　つまみ上げたら
そこにできた黒い水溜まりに
僕は飛び込み
水しぶきが街を真っ黒に染めるだろう

ヘリコプターの音

渦巻く鳥たち魚たち
空が震える色
愛犬の犬歯は
相変わらず写真と一緒に　窓辺に置かれている

痛々しいくらいに眩しい青空が
パンパンになってしまった
張り裂けそうなくらいに

巨岩そしてやまびこ

赤くもあり青くもある山の頂
にそそり立つ一本の筒の先
そう、そこがわたしにとっての
まやかしの山
たしかにこの目で見た
やつれた燕が一羽
ガラスのふちに吸い込まれて
いや違うまやかしのなかの襞のなかに埋もれた
野蛮なお前のなかに
もう戻れない

ビクビクして過ごした日々

男は喉仏を震わせ
やまびこのなかの襞のなかに消えていった
ただ禍々しく
筒の上に置かれた
洋梨のような黄緑のかたまり
それはたしかに　彼の声だった
どこですか　は
どこですか　と
つまりあなたは腕時計に映り込んだ
男の影の　襞についた一枚の絵葉書
その赤くもあり青くもあるやまびこの真実
だ、と

どれどれ見せなさいあなたの真実
やまびこに増築できればなおいい
わたしのささやかな陳述と

ただ真正面から山を見れば
やまびこはわたしの上顎に花開く

山のなかに隠された真実
愛でもあり快でもある
取り外しのきかない取り付けられた引き出し
に突き刺さった野人の八重歯

とてもとても傲慢で　何も何もない
大海原でひとり忽然と消え去った
君は誰？

みすぼらしい頭巾をかぶって
山中どれだけの苦労をしたことか
やまびこのなかの赤い狸はまやかしか
いや魂の抜け落ちたやまびこだ

喜びの果てを知る銀河
に首輪をつけて歩く巨人
頬杖をついてニンマリとしたその男
わたしは砕きたくなったその山男の上顎を

もう這い上がれない
柿の木のなかに練り込まれた
ねっとりとした魂の数々は
ヒヨドリの嘴は、はっきりと弧を描いた
それだけは清らかだった
葉書のなかへ　粒々へ
紛れ込んでいく山　やまびこ　その他
大きな肋骨

取り憑かれ　欺かれ

赤く燃え上がる虹の上
唯一真実味のある巨岩に
手をつくなり拝むなり
ハッタリではなく真っ青な山をください

夏の日に見た紫が頭を離れない
それは繰り返される不可思議な踊り
腫れ上がっていく旋律は
時計回りに　逆さに
その時間を正面から見て平手打ちしてやった
踊りの中に閉じ込められたやまびこは
魂の抜け落ちた肋骨だ

輪廻でもあり臨界でもあるわたしのなかに
練り込まれたひらひら
やまびこ、それは

降り積もっていく音階のなかの
襞のなかの巨岩だ

こだまする
それは海までこだました肋骨の音
筒を通し肋骨のしなりは大きく鳴り響いた
わたしはその灰色の筒を背負って
線の上に屹立させた
そそり立つ山の頂であぐらをかく山男
眠ることを知らない彼は
七色に光る火山灰だ　カミソリだ

めくるめく情景に映り込んだ己の姿に
驚いた男は鎖でつながれた
のたうちまわる素粒子
赤くもあり青くもある銀河の淵で

かぐわしい香りを放つ楔形の天体は
まやかし　それは嬰を突き破る流星
または巨岩　山　コスモス

ほうき星は撒き散らす
まやかしの粉を　七色のカミソリを
笑う男の肋骨を
繁茂する　繁茂する
山は裂け繁茂し、そこに潜り込み
やまびこの頂であぐらをかいたまま倒立する

けたたましい轟音と共に
筒はわたしの喉となり直腸となり
ただ反復する機械の音楽となり
やまびこのなかに練り込まれた山あいに
そそり立つ不燃物となる

風下

枝の折れる音が
光のなかで　出土した
僕はそのなかで
夕暮れの温度を測っていた

いずれまた人間は
いくつもの火災を経験するだろう
その炎は
雪のなかで　燃え尽きるまで
景色を
それらの影を
壁に焼き付けて

僕の岸辺に残された
ノートに描き込まれた村までも
焼き払ってしまうだろう

けれど、
そこに何が残るのか
灰はまた　光に戻るのだろうか
とてつもなく遠い　透明な時間
手元に残された
灰

それらで
頰に書かれた罪を拭き取れば
はたして　顔が持つ雄大な山を
そのまま見ることができるのだろうか

燃え尽きた時間と一緒に
僕の規律
そしてノートのマス目は
消えていく

バラバラになった時間の
星屑は
野良犬の死を　死そのものを
何億年も前の光で
埋葬するだろう

階段の手すりに映り込んだ青空は
僕の熱を冷まして

コノナワバリハダレノモノカシリマセン　と

空は静かに言葉を満開にして
枯れ果てていく
僕はその意味だけは枯らさないように
運ばれてきた言葉の皮を
黙々と　剝いていく

ココハダレノモノデモ
ダレカノバショデモアリマセン

雨のなかに沈み込んだ街は
インクになって僕の肩を染めて
青色が空に向かって
吠えていた

水の村

晴れていた
カウボーイは親友Aと
片方の眼を交換し
Aは満足そうに　干し草を数える
カウボーイは口に咥えた輪ゴムを昼間へと投げた

顔についた砂埃を水で流し
Aは雲南省にいる友を思う
今朝ショッピングモールで見た　空豆の緑が
麻袋から溢れていたことを思い出す

種馬の尻に沿って

朝日がすり抜けていく
カウボーイは地面をひと蹴りし
祖父からもらったナイフで爪垢をとる
Ａは言った
今夜、星屑たちが湖から天に昇る　と

赤い牡牛の耳毛が　風を捕まえ
カウボーイは国境を懐にしまう
麦畑には
大きな鞄が浮かんでいた

白い布

君の扉が羽化をした
聴診器をあて　耳をすます
これは鐘の音だ
おずおずとしている僕をおいて
鐘の音は遠く　国境を越えた

信じたものの違いで
内へ　外へ　空へと響く音
耳に流れ込んできた
その音を
ありのまま書き写せないのは
知らぬ間に

猫背になっていたからだ

アンテナ

メガネのなかに
置き忘れた光があった
友人のために書き残したメモ
と一緒に

手を夕暮れに透かし
浮き出した骨
と記憶を掘り出して
平気だったはずの嘘が
おへその上で　ふくらんだ

夢のなかにしまった雨を　昨日からしぼり出すと

思い出は油の膜で保護されていて
片方の記憶は濡れていた

気まぐれに放った服の重なりが
いちまいの　絵となって
手紙のように
折り畳まれた時間を透かして見せる

アンテナの先は
北なのか　南なのか
わからない
ただ宙を舞うビニール袋に身を投げ入れて
予言を待ち
僕は漂った

光を反射した真っ白な顔へ

届くには
道を探さなければいけないけれど
あまりにも光が強すぎて
僕はまたメガネの隅に
隠れてしまった

ヤモリの目

少年は
グミを池に溶かして
まどろみのなか
夜明けを探しに行った

水は濁りから木目に変わり
そこに触れて
振り回され
揺れる石鹸の泡が
世界の光を拡散して
夜を鋭く研いだ

僕はざらざらの炎を啜った

芋虫の鼓動
に触れていた指先が　その弱さに
はだけていく
救えればそれでいい
ただ花に潜ればいい

少年は
青く染まった夜を
ポケットのなかで握りしめて
田園に溶けていく

もうひとつの空

夜の口のなかで眠ることができればそれでいい、僕はそれで満足だ。ぐるぐるとかき回せばそこに島ができ、きっとそのうち動植物もやってくるだろう。弱っていく大地を書きたい感覚。生き生きとした、ある日行った空の端で会った、孤児みたいな暮らしを、夜の口は生きているのかもしれない。僕を置き去りにしたヤドカリは、今頃どこかの海岸で新しい貝を見つけ、もうひとつの昼の口を作っている気がする。屋根にある空を切り取るアーチ状の開口部は、毎日、深海の風景を上映していた。惑星の明かりが枝葉に花をつけ、道々が香りだけの存在になるとは思ってもみなかった。ひとりでたたずんでいる少年は、背中にひとつだけ蕾を残して、あとは崩れ落ちた建物のようになっていた。

この先ずっと僕は、水平線に引きこもっているのだろうか。あの少年を追いかけた日の夕方、迷うことなく、明るい方へ吸い込まれるように歩いたけれど、彼を見つけられず、星々と虫が見分けのつかない夜空の端っこで草をむしっては時間をつぶしていた。そのとき風のなかで捕まえた、ずっと大事にしていた宝箱の蓋が開く音が、まどろむ僕の憂鬱な両脚を今でも支えている。僕を支えるその音、今は記憶だけにしかないその音は、だからこそずっと頭の空白に残り続け、天の昼と夜をかき混ぜて、水平線をいつまでも押し広げている。

鳩

母の耳は仏様のようだった
そこには時間がうずくまっていた
歪んだカタチから目を逸らすと
コロッケのカスが床に油を滲ませていた

父の横でプラスチック製の家を合成して
一本の木を作った
風が強くて
絡まった睫毛を
ほどくのが一苦労だった

黒い気配があって

パッと振り向く
なにもいない
まるで動物のように反応したことに
僕は喜びを感じた

お辞儀している耳を横目に
僕はナイフで木を削っていた

影以外に故郷はないの？
と壁に聞いてみる
返事はない
遠くで　カチカチカチカチカチ
と鳥の鳴き声がした

タニシのへばりついた水槽に手を入れ
父は水流を作りはじめる

見慣れないゴツゴツとした指のかたちを
覚えておくことにした

混ざり合った水と泡が
水槽の中でキラキラと
白髪のように渦巻いた

怖くなったら
ぽっぽっぽー　ハトぽっぽー
と歌えば　大丈夫だよ　と
父が言ったことを思い出す

クジラ

波打ち際には　大きな波
クジラくらい？
木やプラスチックのごみが落ちている
遠くには人だかりがある
音もなく彼らは
クラゲのようにゆらめいている

ある夢のなかで
男は車の荷台に乗せられていた
木の板に両手を杭で打ちつけられていた
僕は父におんぶされていた
だからちょうど目線の高さは彼と同じくらいで

男に、痛くないの？と聞く
すると彼は　僕の前で手を杭から抜いて
手のひらに空いた穴を
僕に広げて見せた
目の周りは灰色に落ち窪んで湿っていた
彼は泣いてはいない
ただ灰色のフェルトのようなまぶたで
目を包んでいた

真っ黒な大きな流木が浜辺にあって
それは横たわった馬のようで
鼻先がさす方向に
白い裸の女の彫像が
天に向かって水甕を掲げている
海鳥たちはその上を旋回している

釣り糸や
色とりどりの屑が絡まった
海藻と
僕の足跡
ぬれた黒い砂浜
それはイタチの黒い瞳のなかのような海岸だった

ここで眠ったら気持ちよさそうで
僕は夜中に
ホットココアを飲んだみたいな気分になった
人の気配も無くなり
なんだか嬉しくなる

でもここには灯台がない
この浜には匂いもない
どこの海なのだろう

焚き火の跡があって
誰かがここで夜を越したのだろうか
魚の頭や
貝殻が落ちている
まだ焦げ臭い
蜘蛛の巣みたいな煙も上がっている
空からは
深海で騒ぐプランクトンのような
細かな雨が降ってくる

タバコは二箱持ってきた
ペットボトルの水もある
鼻をすすると
キューウと
海鳥みたいに鳴った

浜には海の家の骨組みだけが残っていて
きっとクジラの腹を
天に向けて切り開いたら
こんなふうに星々の光を飲み込む
大きな肋骨の器になるのかもしれない

僕の強盗

消滅してしまった記憶はどこにあるのだろうか、あるとすれば、僕の影に立てこもった強盗が知っているはずだ。日記は傷ついた色彩を僕の顔へと放り投げて、前髪をなでると、数ページ下の監獄を僕に薄く見せた。空は記憶の粒子が作る青さのなかで、星屑でできた髪をとかしながら、落書きだらけの僕の日記帳を見下ろしている。僕は風景に鈍感なのだ。今日も強盗は太陽を憐れんで、日差しのなかに珊瑚の化石を落としていった。その化石が、僕のノートに描き込まれた村の十字路だった。雨の日も、晴れの日も、強盗たちは僕の影で宴会を開き、いつか来る、収監される日を待っている。彼らは観測しているのだ、この世界の角度を。盗み、殺し、珊瑚の化石に空いた無数の穴の通路を通って。

浴室の解剖学

ぱっくりと割れた
クモ
という言葉
その文字のおうとつは
少年のおうとつ

日が暮れていく
紫と灰色、それから緑の
鳩の首の色をした空を見て
少年は恍惚とした

奥歯を霞ませる

クモ
という言葉
僕の腹の底にある月は
クモという文字から湧き出た
でくの坊だ

ぽかんと浮かぶ
幾何学模様の月
を少年は見上げて絶叫した
その絶叫は浴室であり
それこそ僕の木偶《でく》だった

奥歯のおうとつの上に
風呂敷が浮かんでいる
そこに浮き上がった立体物と
歯と鳩が散らばった月面の

でこぼこに溜まった
幾何形体の砂の山

どこまでも伸びていく
僕の腹のなかの月面は
歯と鳩で散らかっていて
そう、木偶はクモという
文字に霞む
空と肉体を縫い合わせるための
幾何学模様を広げるだろう

図形の編み目のなかを
駆け抜けていく裸の少年の
いびつなでこぼこは
やわらかく暴力に
満ち満ちている

少年は
余すことなく鳩の表情の
遠近法を木偶の頭部に切り開いた

ああ、それは鳩の首
それはとっても深い
どこまでも続く多面体の底面だ

その無限にうつろう底面に
恍惚とした文字
クモ
もはやこの言葉は少年が羽織る
極彩色のカタカナだ

どこまでも続く
幾何形体の展開図

を少年は切り取り線にしたがって
切り抜いて
ひらひらとその図面を宙に浮かべると
浴室に横たわった
真っ黒なふくらはぎを包装した

ありとあらゆる図形が
木偶と僕の遠近法の先にあり
それらは重なり　入り乱れ
でこぼこした
繊維質の空を構成する

これは
少年の人体模型だ
これは人体模型の浴室だ
クモという言葉が

空いっぱいの図形を浴室に誘い込む

いつまでも続く
幾何学模様の回転の
その編み目の隙間の
空の先で
でこぼこした
ふくらはぎは展開する

鳩の首はひび割れ
ただ恍惚と月を眺めている少年の
目には今、月は
燃え上がる繊維くずの塊に見えている

手のひら

手のひらで
すくった言葉を　持て余した
そして日差しに目をむける
テレパシーが消えた

あなたは夕暮れをポケットにしまった

身につけている一房の葡萄を食べて
写真のなかで　踊るあなた
田畑に消えた太古の音
教科書に乗った骨の音
それらをあなたは手招くと

平仮名が咲いた

蜘蛛の巣にかかった記憶
清流に沿った背骨
勇み　息を吹きかけ
持ち上げた拍子にできた　洞窟

骨髄から
節目から
飛び出した昼間が
蜂の羽に透けた地図を読んだ

街のなかに隠れたあなたを
僕は剃刀で剝がした
しゃがれた声で
街の傷を磨いた

厚い胸板

角度とは葬式である
彼の角度であり彼女の角度でもあった
角度とは知識ではなく　記憶された
胚の体積であり
それはシーツの皺か　あるいは脇の下か
とにかく惨めな臭いだけの存在である

角度の脇の下に
溜まったおが屑のなかに
直角が眠っている
臭いだけの存在は　角度であって
粘土のような青空に

直角に交わる指の骨と
ザラザラとした肌理と
記憶と
それら外傷のような窪みが
滲みだらけの灰色の　フェルトにくるまれて
日向《ひなた》に安置されている

写真は残っている　残っていない
僕は叱られている
傷に溜まった膿のような
匂いがする

角度の匂いとは
それはまるで傷口のような
四つの柱に支えられた
裂けた天井なのかもしれない

何かを食べた　と思うときがある
大きな牡馬の背を這うように
滑っていく光が
鈍角の丸みに沿った光の擦れた匂いが
膨れあがって肉になり
それが食べるということである
たんぽぽの綿毛のような　あの犬の肛門の
秘密の無さへと収斂していく音の長さだ

そしてゴム張りの床に落ちた
鈍器の音のように　角度の胸板は分厚い

角度的な存在とは
臍の緒と言ってもいいかもしれない
それはひとつの記憶を無理に開くときに

増築されてしまう人工的な
部屋のようなもので　便器みたいな物だ

全てが均一に配置された角度の
正確な一点に　便器は傾く
それが、純粋な角度で
便器的水平とは
粘土質の青空を拒絶することからはじまる

鈍器的な窪みと便器的な平たさに
脇の下があり　その円状の日向に
写真機のレンズが存在する

カメラは何かを写すというよりも
むしろ角度と角度の接地面を
その都度

棉に包まれた臍の緒と
便器とを縫い合わせたような
扉を叩く音である

長さのなかにゴム張りの床は広がり
それは硬度が問題であって　延長ではない
角度とは秘密の無さだ
人の形をした滲みでもある

荷車のように傾いている
その角度
その角度こそが喪であり
電気的垂直性なのである
魂は磨き上げられた　真っ白な便器のような
なめらかな曲線でできている
全ての視線が回り込む

なめらかな身体
それは電気的な声であり
声は関節を平野に誘い込み
角度の群れを作る

鈍角に繋がれた便器は
傷を負った網膜を通してみる　雪景色であり
穴ぼこだらけの
それは珊瑚の　死骸のようなカサカサの
都市であり　白い粉を噴いた
ビニール傘である

スープ

青魚のように背を光らせ、列車がまっすぐ伸びていく。これほどにも長く、こんなにも深い夜の裂け目を列車が綴じていく。僕は夜にもたれかかって、夕焼けの写真を折りたたみ、ポケットにしまうと、現像されずに飛んでいった木の葉の舞う音が、数々の声になって夜に騒いだ。

拾い損ねた光、音、香り、出来損ないの写真は背景を切り抜かれた一脚の椅子みたいなもので、それはこわばった子供の笑顔のように僕を不安にさせる。だからこそ、その時に落ち着いて座るべきだったのかもしれない。過去のあらゆる出来事に、押し花をはさむことができたなら、僕は母の作ったスープを飲むように、一日を安らかに迎えることができるだろう。ひとさじのスープとスプーンに写り込んだ世界は、ザラザラとした光となって口のなかへ運ばれていく。この街も、遠い国の面影も、いくら追いかけてもたどり着くことができない場所の光も、スプーンの曲率に拡大された時間の底で、毎日どこか、誰かの口元で散っているはずだ。それは魚たちの群れのように、世界を泳いでいるのだろう。

骨格標本

僕は夕暮れの縁側にいる
ツツジやサボテンなんかがあって
こんなにまちまちの植物を見ていると
ここだけでひとつの
世界のようだ
テレビから流れてきた声は
友人のものと似ていて
ちょうどこの季節に土手沿いのみかん畑で
彼とみかんをもいで一緒に食べた
山あいから見えた黒い海は
うごめく蛇の鱗のようだった

夕闇を縫うように
コウモリが一匹飛んだ
食卓にならんだ料理は
シソやナスそれから山菜
大叔父の育てたものや
近くの山や川で採れたもの
みな塩漬けにされ茶色く
それを土団子にしてみんなで食べた

ネズミの骨格標本を
僕は昔欲しがった
華奢なあご骨の形を見ると
どうしても自分の手で砕きたくなった
母はネズミが嫌いで
ハムスターを飼うことを許さなかった
女の子の友達が

二匹のハムスターを飼っていて
夏休みにその二匹を置いて海へと出かけると
一匹はもう一匹を食べ
爪しか残っていなかったという
僕はそのとき女の子が履いていた
フリルのついた靴下を
よく覚えている

先っぽに宿る大きな灰色のツノ

切実な目
を想像してみると
どうしても、切長なサイの目
を想像してしまう

たしか乳幼児が
乳幼児の黒々とした足跡が
捺印された浜辺で
暗がりのなか険しい顔をして岸まで泳いだ
たどり着いたサイのしわ
のなかをかき分けて
そこにあるか知らないけれどズンズンと

前だけを見て進んだ
柿の木を見つけるために

手のひらにあった貝殻に
青色の絵具を絞り出すと
ああでもないこうでもないと
僕は海を作った

あの貝はまだ意識すると
生えてくる額のサイみたいなツノ
の先でまだ生きている
サイの体中のしわを伸ばして
一枚のカーペットにして僕は眠りたい

夕べ
窓枠のホコリが開花すると

虹色の鳥たちは僕の寝息をついばんで
ついには家に大きな巣まで作った
そして幾千もの鳥たちが開花した
大型トラックに積載されたサイは
暗黒のなかへと突進していく

奇天烈な時間の上にはちいさな植木があった
それをサイは食べるのだろうか
食べにきてくれるのだろうか
僕は震え上がってしまった
マンホールや鉄
柵それからベランダまでも
何もかもがツノでできていて
おでこの先まで尖っていて
とにかくサイは、ただ美しい

ツチガエル

水の入った甕のなかへ
管がとおされている
それはまるで病院にいる祖母のようだった
深くからあぶくがポコポコと上がってくる
藻が水中にある
甕の底は暗くどこまでも続いていそうだ
あぶくに押された水草の
影に尾ビレがみえた

連れていかれた部屋のなかは静かで
べったりと髪をなで付けた頭
と机

革張りのソファー
それらは塊となって
窓から漏れる光を背に
洞窟のようにパックリと口を開けている
僕はヒソヒソ話を聞いていた

紙を食べることにみんな夢中だった
水場に集り牛乳パックをちぎっては
鍋のなかに入れ
そうしていると
誰かがちぎった紙を食べはじめた
美味しいね、とみんなで言った
紙はパサパサとしていて
それらをまた大きな鍋のなかへ入れた
嵐のような紙の渦
そこに潜って

僕らは雪遊びをした

ある日
町に移動式動物園がやってきた
そのなかでも特に一羽の巨鳥が珍しかった
仮設の柵のなかにいるその鳥は
図鑑で見た古代の生き物と同じ姿だった
胴体の羽根は黒々として
長い脚はまるで
口のなかみたいに桃色で
そこにはうっすらと金色の毛が生えていた

巨鳥が逃げたと周りが騒ぎ出したとき
すぐに鳥のいた柵まで戻ると
早くに気づいた子供たちは
誰よりも先に見つけようと

ちりぢりに駆け出し
花火のような色とりどりのかけっこがはじまった
笑い声や叫び声
意地悪なヤツが
あっちを探せ　と指図する

僕は砂利道を走り抜け
草むらを駆け抜けて
大きな水色の建物にたどり着いた
閉まり切った扉の前
とろっとした透明な膜に包まれた
鉱物のような緑
そこに溶け出した　つやつやと輝く白い液体
その銀河のような宝石を
僕はただそれだけを
しゃがんでずっと見つめていた

光り輝く大地

宇宙のチリに
戻ったならば
僕はどこで目覚めるだろう
海岸線に揺れる記憶は
波打ち際に　泡立った

光り輝く大地
は鳥たちの影を消し
夜の準備をはじめた
注意深い彼らは　巣箱をつかんで
地下へと伸びていった

途切れ途切れ伝わり
ネコの髭に落ちた詩
戯れるメダカは
宇宙を攪拌して
えらの縁で　愛を抱いた

空気銃で撃たれた鳥は
心臓の最後の高鳴りを聞いた

光り輝く大地
は鳥の亡骸を燃やして
その灰で　夜空を作った

宇宙のはずれで脈打つ僕は
体温計を片手に微熱のなかをさまよう

散りばめられた機械の音楽に
フクロウが　耳を傾けると
ネズミは目を閉じて
女の子が縄跳びで飛んだ

光り輝く大地
噴き出した最後の言葉は
停留所で　ひとつまみの朝焼けを
僕の窓辺に振りかけた

二つの引き出し

全てを投げ入れても
破れないと信じていた
交差点で見上げた雲
の割れ目

もっと寄るか
投影したい
乾き切った唇は　光を反射できなくなっていた

遊覧船の記憶がある
船酔いした母はデッキに横たわり
それなのに

僕はアイスを買って
彼女に差し出した

星が曲がったような気がした
耳たぶをこすった風に
なりすました記憶
透明で何も施しようもない
クラゲのかけら

昔この空を過ぎた飛行機は
きっと戻ることなく
僕はビルの赤い光を見つめた

ベランダの手すりに　突きでた鼓膜がある
きっとこのアパートは大きな録音機になろうとしている
それは僕が？

この建物が？
降り注ぐ原子の堆積で
少なくともここにある二つの存在は
もう別々の琥珀になっている

山へ 002
巨岩そしてやまびこ 006
風下 014
水の村 018
白い布 020
アンテナ 022
ヤモリの目 026
もうひとつの空 028
鳩 030
クジラ 034

僕の強盗 040
浴室の解剖学 042
手のひら 048
厚い胸板 050
スープ 056
骨格標本 058
先っぽに宿る大きな灰色のツノ 062
ツチガエル 066
光り輝く大地 070
二つの引き出し 074

詩集 二つの引き出し

二〇二四年十二月十日　第一刷発行

著　者　丸山零
発行者　小柳学
発行所　株式会社 左右社
〒一五一 - 〇〇五一
東京都渋谷区千駄ヶ谷三 - 五五 - 一二
ヴィラパルテノンB1
TEL　〇三 - 五七八六 - 六〇三〇
FAX　〇三 - 五七八六 - 六〇三二
https://www.sayusha.com
装　幀　大倉真一郎
装　画　丸山零
印　刷　創栄図書印刷株式会社

Printed in Japan. ISBN978-4-86528-445-4